POÉSIES

ŒUVRES POSTHUMES

Hector de Saint-Denys Garneau

Edition : Culturea (culurea.fr), 34 Hérault
Contact : infos@culturea.fr
Impression : BOD, Norderstedt (Allemagne)
ISBN : 9791041979738
Date de publication : juillet 2023
Mise en page et maquettage : https://reedsy.com/
Cet ouvrage a été composé avec la police Bauer Bodoni

JUVENILIA

Le pavyon de la France

Nos armes qui porte nos drapeau
tricolor, qui brille sous les rayons d'or,
du soleil qui dès l'aube du jour,
les illumine tour à tour,

Moi je trouve que dehors,
moi je trouve que ça nous endore,
sous les sons de nos clairons et de nos
tanbours, c'est bien comme dans
les petits bourgs
de la France.

Le dinosaure

I

Il était gigantesque
Et son nom je vous dis
Était presque
Aussi grand que lui.

II

Il s'appelait Dinosaurus
Et puis ce n'est pas tout
Il s'appelait aussi Brontosaurus
Et Amphibie ; qu'en pensez-vous ?

III

Et savez-vous comment
Il a de ce monde disparu
Et que depuis ce temps
On ne l'a pas revu ?

IV

C'est ce que de vous dire
Il m'est venu l'idée
Et j'espère qu'à me lire
Vous vous amuserez.

V

Il était bien méchant,
Et vous pourrez vous-mêmes,
En juger, et peut-être plus méchant
Que je ne le trouve, vous le trouverez même

VI

Une fois dans un jardin,
Ce méchant animal
Était entré, où le chien
Était à son travail.

VII

Ce chien était le maître de la maison
Et lui dit d'une manière bien polie :
Monsieur, dont je ne connais pas le nom,
Vous n'avez pas d'affaire ici.

VIII

Mais l'autre se mit à rire
Et l'assomma ;
Et même il fit bien pire,
Il le mangea !

IX

Lorsque du chien la femme
Et les enfants virent cela
Ils prièrent Notre-Dame
De punir ce meurtrier-là.

X

Aussi leur prière
Fut exaucée, et l'Éternel
Le jeta dans la Mer
Et le changea en sel.

XI

Maintenant que j'ai satisfait
Votre curiosité,
Je vais vous dire ce qui arriverait

S'il n'avait cessé d'exister.

XII

Si en ce monde
Il était aujourd'hui
Nous serions de ce monde
Tous à jamais partis.

XIII

Car s'il avait
De vivre continué
Il nous aurait
Comme moucherons gobés.

Cruelle

I

Te souviens-tu Andrée
Quand nous allions tous deux
Dans le joli sentier ?
Alors, j'étais heureux !

II

Quand mes lèvres d'amant
Se posaient sur les tiennes
Dans un baiser fervent
Je te disais : « Je t'aime ! »

III

Te souviens-tu infidèle
De ces beaux soirs d'été
Qui par ta faute, cruelle
Sont pour moi déjà passés !

IV

Car en ce jour maudit :
Tu déchiras mon cœur
Lorsque : « Monsieur, tu me dis,
Cherchez l'amour ailleurs. »

V

Mais je ne cherche ailleurs
Pourtant pas cet amour
Et à quoi bon d'ailleurs
Malheureux, je le serai toujours

VI

Et cependant que pour sauver la tienne
Je donnerais avec amour ma vie
Toi, pour mettre un peu d'espoir dans la mienne
Tu ne me donnerais pas un seul baiser d'amie

VII

Et cependant mon amour repoussé
Reste et restera toujours pour toi cruelle
Vain amour je le sais,
Mais amour fidèle !

Lucille

Depuis que je vous ai quittée,
Oh ! ma belle Lucille,
Je voudrais toujours regarder
Vos beaux yeux aux longs cils.

Ma Lucille jolie,
Quand seul je sors, le soir,
Les étoiles me sourient
Mais pour moi tout est Noir !

Car, loin de vous chérie,
Mon cœur est toujours sombre ;
La mélancolie
Y vient jeter son ombre

Mais quand je vous reverrai
Votre sourire dissipera
Cette ombre, et bien-aimée,
Encore on parlera
Des beaux rêves futurs
Et des chagrins passés,
Près du ruisseau qui murmure,
Dans l'herbe pleine de rosée.

L'automne

Entre les feuilles aux vives couleurs
Le soleil aux rayons ardents
Se mire dans le ruisseau qui pleure
Y fait danser mille diamants.

Le moindre souffle de Borée
Produit une superbe envolée
D'or, de pourpre, de vermillon
Comme un nuage de papillons.

Et les feuilles ainsi emportées
Tombent sur la verte mousse
La couvrent d'un tapis coloré
Des teintes vertes jusques aux rousses.

Sous ce tapis le petit sentier
Disparaît presque tout entier
Comme le tapis disparaîtra
Sous la neige dans quelques mois.

Et les oiseaux transis de froid
Quittent nos ramiers et nos bois
Et partent par la voie des airs
Vont se chauffer dans les déserts.

L'heure du souvenir

Voici l'heure éplorée au parfum de lilas
Où l'on se ressouvient des choses que l'on regrette
L'heure où tout dans les bois et les plaines s'apprête
À l'oublieux sommeil des coeurs qui sont trop las

Voici l'heure éplorée où l'on entend les pas
Qu'on écoutait venir... où la brise répète
L'aveu qu'on nous a dit par un bleu soir de fête
Mais les yeux tant aimés, on ne les revoit pas

Voici l'heure éplorée au parfum de mystère
Où tout ne s'efface parmi le tremblement
Dernier du vent qui meurt, l'heure où tout va se taire

Où tout semble écouter la plainte de la terre
Et du dernier espoir l'évanouissement...
Voici l'heure éplorée aux sanglots solitaires

La mort du fou

L'avez-vous vue passer
Ici, la blonde fille
Au beau corps élancé,
À l'œil brun qui scintille
D'un éclat indompté ?

Vous l'avez vue aller
Là-bas, la blonde fille,
Et sa leste cheville
A gravi le rocher,
Et son corps s'est penché
Sur l'eau noire qui brille
Et puis s'est élancé !

Ha ! Ha ! La blonde fille !
Ha ! Ha ! Son fiancé !
Non ! Laissez-moi passer !
Ha ! Ha ! je vais aller.
Au fond pour l'embrasser !

À monsieur Gaudin

Pauvre homme, je te plains ! Ton talent est mal sûr
Pour se moquer de ceux qu'a couronné la gloire.
Celui qui délirait, pendant quelque nuit noire,
« Je suis hanté : l'azur, l'azur, l'azur, l'azur ! »
Celui-là, je le crois, doit bien ne pas entendre
Tes méchants vers, ta pire prose. Oh ! je te plains !
Osas-tu bien lever tes yeux de rancoeur pleins
Et ton regard borné osa-t-il bien s'étendre
Jusqu'à ce grand poète, et l'as-tu regardé
Dans les yeux ? Mon petit, son âme était trop belle
Pour que tu la comprennes. Et tu te moques d'elle,
Mais ta rage, petit, n'a pas pu l'insulter.
Il est trop grand pour toi ; cherche de moins sublimes
Pour soulager ta bile et calmer ta rancoeur,
Car ta voix est trop faible et ton verbe moqueur
Est trop grêle et chétif pour atteindre à la cime
Qu'il habite là-haut. Il faut t'en prendre à toi,
À ta sottise, être borné, à la pâleur,
À ton cœur indigent de beauté, sans ardeur
Que celle qui s'efforce avec son souffle froid
D'insulter aux élus que le ciel divinise.
Tu fais un peu penser à quelque enfant chétif
Qui de son bras mal sûr lance des cailloux gris
Pour tuer le soleil ! Ainsi, dans leur sottise,
Les mots vils et petits que tu lances en l'air,
N'atteignant pas le dieu tout au haut de l'Éther,
Retombent sur le nez piteux de ta bêtise !

POEMES RETROUVÉS

Ma maison

Je veux ma maison bien ouverte,
Bonne pour tous les miséreux.

Je l'ouvrirai à tout venant
Comme quelqu'un se souvenant
D'avoir longtemps pâti dehors,
Assailli de toutes les morts
Refusé de toutes les portes
Mordu de froid, rongé d'espoir

Anéanti d'ennui vivace
Exaspéré d'espoir tenace

Toujours en quête de pardon
Toujours en chasse de péché.

Et j'évoque au retour

Et j'évoque au retour dans l'ombre coutumière
qui s'allonge déjà au déclin des coteaux
   ... le front serein et beau
Où s'attarde et fleurit l'éternelle lumière

Lassitude

Je ne suis plus de ceux qui donnent
Mais de ceux-là qu'il faut guérir.
Et qui viendra dans ma misère ?
Qui aura le courage d'entrer dans cette vie à moitié morte ?
Qui me verra sous tant de cendres,
Et soufflera, et ranimera l'étincelle ?
Et m'emportera de moi-même,
Jusqu'au loin, ah ! au loin, loin !
Qui m'entendra, qui suis sans voix
Maintenant dans cette attente ?
Quelle main de femme posera sur mon front
Cette douceur qui nous endort ?
Quels yeux de femme au fond des miens,
au fond de mes yeux obscurcis,
Voudront aller, fiers et profonds,
Pourront passer sans se souiller,
Quels yeux de femme et de bonté
Voudront descendre en ce réduit
Et recueillir, et ranimer
et ressaisir et retenir
Cette étincelle à peine là ?
Quelle voix pourra retentir,
quelle voix de miséricorde
voix claire, avec la transparence du cristal
Et la chaleur de la tendresse,
Pour me réveiller à l'amour, me rendre à la bonté,
m'éveiller à la présence de Dieu dans l'univers ?
Quelle voix pourra se glisser, très doucement, sans me briser,
dans mon silence intérieur ?

Les pins

Les grands pins, vous êtes pour moi semblables à la mer.
La rythmique lenteur de vos balancements,
Vos grands sursauts quand vous luttez contre le vent,
Vos rages soudaines,
Vos révoltes,
Ces grandes secousses qui jaillissent de vos racines,
De vos racines inébranlables,
Et tout le long du tronc,
Tout au long du centre résistant
(Les secousses qui s'amortissent dans les racines, dans le tronc, où tout meurt dans la paix et le calme.)
S'en vont mourir à votre surface
Dans le vert glauque des feuillages
Qui frémissent au vent dur
Et votre faîte se renverse comme une tête cabrée.
Chaque tête de la forêt frémit,
Mais d'un frisson intérieur
Qui circule à travers le bois élastique des troncs (tendus)
Dans la grande masse de la forêt
De sorte que c'est bien semblable à la mer.

Allez-vous me quitter

Allez-vous me quitter vous toutes les voix
Vais-je vous perdre aussi chacune et toutes
La symphonie et chaque parole
Mon coeur va-t-il être encore comme si vous n'étiez pas
Ce vide qui ne tient pas compte
Qui ne retient pas ce qui est.

Voix du vent

La grande voix du vent
Toute une voix confuse au loin
Puis qui grandit en s'approchant, devient
Cette voix-ci, cette voix-là
De cet arbre et de cet autre
Et continue et redevient
Une grande voix confuse au loin

Pins

Vert duvet
Bleus flocons légers
Contre les feuilles,
Argent vert

Silence

Toutes paroles me deviennent intérieures
Et ma bouche se ferme comme un coffre qui contient des trésors
Et ne prononce plus ces paroles dans le temps, des paroles en passage,
Mais se ferme et garde comme un trésor ses paroles
Hors l'atteinte du temps salissant, du temps passager.
Ses paroles qui ne sont pas du temps
Mais qui représentent le temps dans l'éternel,
Des manières de représentants
Ailleurs de ce qui passe ici,
Des manières de symboles
Des manières d'évidences de l'éternité qui passe ici,
Des choses uniques, incommensurables,
Qui passent ici parmi nous mortels,
Pour jamais plus jamais,
Et ma bouche est fermée comme un coffre
Sur les choses que mon âme garde intimes,
Qu'elle garde
Incommunicables
Et possède ailleurs.

Parole sur ma lèvre

Parole sur ma lèvre déjà prends ton vol,
tu n'es plus à moi
Va-t'en extérieure, puisque tu l'es déjà ennemie,
Parmi toutes ces portes fermées.
Impuissant sur toi maintenant dès ta naissance
Je me heurterai à toi maintenant
Comme à toute chose étrangère
Et ne trouverai pas en toi de frisson fraternel
Comme dans une fraternelle chair qui se moule à ma chair
Et qui épouse aussi ma forme changeante.

Tu es déjà parmi l'inéluctable qui m'encercle
Un des barreaux pour mon étouffement.

Tous et chacun

Tous et chacun, chacun et tous, interchangeables
Deux mots,
Signes
De l'ineffable identité
Où prend lumière tout le poème

Nature, tu m'as chanté
Le duo à voix équivoques,
Immatériel balancement
Par delà l'opacité du nombre,
Flux et reflux de la même onde, ô l'onde unité,
Vagues renaissantes infiniment
Et pour rôle de dérouler
La lumière jusque sur le rivage

Celui-ci, celui-là, faites-vous plus qu'une seule chair
Pour l'amour de mon âme qui vous maria.

Tous et chacun réversibles,
Et je n'ai pu souvent pour cet échange
Que vous accoupler.

Glissement

Qu'est-ce que je machine à ce fil pendu
À ce fil une étoile à la lumière,
Vais-je mourir là pendu
Ou mourir un noyé fatigué de l'épave

Glissement dans la mer qui vous enveloppe
Une véritable soeur enveloppante
Et qui transpose la lumière en descendant
La conserve à vos yeux pour les emplir

Souviens-toi de la mer qui t'a bercé,
Vieux mort bercé au glissement de ce parcours
Accompagné de lumière verte,
Qui troublas d'un remous l'ordonnance de ses réseaux
À travers les couches de l'onde innombrable ;
Et maintenant dans les fonds calmes caressé d'algues
Souviens-toi des vagues et leurs bercements
Vieux mort enfoui dans les silences sous-marins.

La flûte

Si près de l'émotion :
Le souffle est là, la flûte l'épouse,
Tout près,
Tout contre le souffle.

Te voilà verbe

Te voilà verbe en face de mon être
un poème en face de moi
Par une projection par-delà moi
de mon arrière-conscience
Un fils tel qu'on ne l'avait pas attendu
Être méconnaissable, frère ennemi.
Et voilà le poème encore vide qui m'encercle
Dans l'avidité d'une terrible exigence de vie,
M'encercle d'une mortelle tentacule,
Chaque mot une bouche suçante, une ventouse
Qui s'applique à moi
Pour se gonfler de mon sang.

Je nourrirai de moelle ces balancements.

Angoisse

Et ma douleur même et cette soif se désagrègent
Et me voilà dans une grande chambre vide
Condensant quelques phrases d'un livre

Quant à toi

Quant à toi dépasse la tour,
Allonge la main au faîte de la tour
Et fais signe à ceux qui n'ont pas de vue au-dedans.

Fais ce silence et parle ces signes
Afin qu'on sache qu'il est des choses dans la tour
Que là-dedans vit quelque chose qu'on ne voit pas
Mais existe, une perle précieuse.

Mains

Mes mains ne vous embrassez pas
Ce soir que ma vie flue par tous mes pores
Ne vous embrassez pas dans le stérile embrassement
de vous-mêmes
Mais joignez-vous saintes que vous pouvez être
Joignez-vous je vous prie
Ô saintes mains
Pour l'impondérable prière
Et tantôt ouvrez-vous claires
Pour le rayonnement de ce que vous reçûtes

Lanternes

Vieilles
Pauvres lumières pendues
Immobiles parmi la fumée
Comme des silences perdus
Qu'est-ce que vous faites là, et qu'est-ce
Je vous prie que vous regardez
Lumières pendues mortes

La tristesse comme vous des sourires tout faits
Et des regards alentour
Comme vous suspendus
Aux seins branlants des danseuses de bazar

Rouges et vertes et bleues
Pauvres que vous êtes
Vieilles,
Mortes.

Je me sens balancer

Je me sens balancer à la cime d'un arbre
Non ces voix de femmes vous n'entamerez pas
La pureté de mon chant
Et si vous m'êtes hier fraternelles
Cette chaleur étouffée où je m'endormirais
J'ai trouvé ce soir dans ce cimier
Parmi le froissement des feuilles comme une onde
Le refuge parmi l'air clair espéré
La vie dans le souvenir de la fraîcheur

Je sors vous découvrir

Je sors vous découvrir ailleurs les poètes
Chacun ailleurs en dehors de cette petite vie
J'irai vous découvrir parmi la vie de tout le monde
Et la mort de tout le monde
Où tous ont étalé la fuite de leur vie sur le plancher
Pas chez moi, je vous en prie.

C'est là que vous allez vous éveiller
Me décomposer tout l'univers
Devant moi et le reconstruire
À débordement de tous cadres.

Baigneuse

Ah le matin dans mes yeux sur la mer
Une claire baigneuse a ramassé sur elle
toute la lumière du paysage.

Musique

Musique pour moi ce soir, lointaine,
Dévoilée au loin tu transportes là-bas mon âme
Chanson des collines rythmes
Que la distance réunit en ces faisceaux
Bouquet du paysage horizontal.

Est-ce que les enfants n'entendent pas cela
tout le jour
Et les anges,
Ces paysages réunis dans une seule lumière

Tu me parles paroles inouïes,
Bouleversements de tout le coeur,
Bercements jusqu'à l'infini des espoirs commencés,
Des amours esquissés à peine enveloppés d'un geste
Et qu'un désir à peine a fleuris dans mes yeux
Et les départs à peine pour de lointaines contrées
Sourires dans l'inconnu

Ou larmes vous si cherchées
Larmes à boire liqueur enivrante du coeur
Qui coulez en dedans
Jusqu'au trop plein de ce coeur qui s'écroule
Adorable mine.

Et ces fureurs

Que je t'accueille amie
Tu feras divine la torture
Et cet amour mort comme un pays
Épanoui qui se déroule au soleil immobile
D'un jour que les heures n'ont pas mangé
Tu rendras sang à ces souvenirs
Déjà qui s'estompent
Ou qui restent dans la chambre au fond

De ce coeur toujours désaffecté
Où passèrent tant de roses sans fleurir
Et fleurs sans coeur au sein de la corolle
Et corolles trop tôt fanées déjà
Qui êtes tombées au milieu même de ces bercements
Prodigués par l'air du soir à votre soif
Et de ce désaltèrement de la matinale fraîcheur

Musique pour moi tu donnes ce soir
Vie ailleurs quasiment saintement joie (ailleurs)
À ces choses mortes hier
À ces commencements de jours mort-nés
À ces espoirs enfin de fidélité parmi la ferveur
Et renouvellement de toute la terre à l'aurore

Musique chère sœur,
Amie ce soir bientôt délaissée

Et tu m'emplis, moi bassin
Toi fontaine comme inépuisable de là-haut
Par ton inépuisable source d'on ne sait où.

Te voilà mienne en mes mains, ces âmes méritantes
de mon corps,
Mienne éternelle en passage
Par ces mains-ci, par ces quêteuses de tendresse
Et que rien n'a comblées
Nécessitées à des plénitudes absolues
Mains qui ne sont pas heureuses.

Ces tristes voyez-vous, ces vides
Voulantes assoiffées mains désirantes
À qui je dis ce soir de se taire et que ce ne seront
pas elles
Ces mains de chair pâles
Qui posséderont.

Tu transformes ce désir perdu
Éparpillé poussière à tous les vents de la journée
En celui de saisir et posséder ici ma vie
Ma vie inaccessible et mon âme trop lointaine

De les posséder enfin des fleurs

C'est eux qui m'ont tué

C'est eux qui m'ont tué
Sont tombés sur mon dos avec leurs armes, m'ont tué
Sont tombés sur mon coeur avec leur haine, m'ont tué
Sont tombés sur mes nerfs avec leurs cris, m'ont tué

C'est eux en avalanche m'ont écrasé
Cassé en éclats comme du bois

Rompu mes nerfs comme un câble de fil de fer
Qui se rompt net et tous les fils en bouquet fou
Jaillissent et se recourbent, pointes à vif

Ont émietté ma défense comme une croûte sèche
Ont égrené mon coeur comme de la mie
Ont tout éparpillé cela dans la nuit

Ils ont tout piétiné sans en avoir l'air,
Sans le savoir, le vouloir, sans le pouvoir,
Sans y penser, sans y prendre garde
Par leur seul terrible mystère étranger
Parce qu'ils ne sont pas à moi venus m'embrasser

Ah ! dans quel désert faut-il qu'on s'en aille
Pour mourir de soi-même tranquillement.

On dirait que sa voix

On dirait que sa voix est fêlée
Déjà ?
Il rejoint parfois l'éclat du rire
Mais quand il est fatigué
Le son n'emplit pas la forme
C'est comme une voix dans une chaudière
Cela s'arrête au milieu
Comme s'il ravalait le bout déjà dehors
Cela casse et ne s'étend pas dans l'air
Cela s'arrête
et c'est comme si ça n'aurait pas dû commencer
C'est comme si rien n'était vrai

Moi qui croyais que tout est vrai à ce moment
Déjà ?
Alors, qu'est-ce qui lui prend de vivre
Et pourquoi ne s'être pas en allé ?

Au moment qu'on a fait la fleur

Au moment qu'on a fait la fleur
De tout notre amour plongé en elle
Quand la fatigue tout à coup la fane entre nos doigts
Quand la fatigue tout à coup surgit alentour
Et s'avance sur nous comme un cercle qui se referme
L'ennemie qu'on n'attendait pas s'avance
Et commence par effacer le monde hors de nous
Efface le monde en s'approchant,
Vient effacer la fleur entre nos mains
Où notre amour était plongé et fleurissait
Notre amour alors dépossédé rentre en nous
Reflue en nous et nous prend au dépourvu
Nous gonfle d'un flot trop lourd
Nous abat d'un vertige inattendu
Et nous sommes épouvantés
Et comme désarmés devant cette parole
Devant la tristesse de la parole de la chair
Qu'on n'attendait pas et qui nous frappe
comme un soufflet au visage.

Identité

Identité
Toujours rompue

Le pas étrange de notre coeur
Nous rejoint à travers la brume
On l'entend
quel drôle de cadran

Le noeud s'est mis à sentir
Les tours de corde dont il est fait

Une chambre avec meubles
Le cadran sur la console
Tout cela fait partie de la chambre
On regarde par la fenêtre
On vient s'asseoir à son bureau
On travaille
On se repose
Tout est tranquille
Tout à coup : tic tac
L'horloge vient nous rejoindre par les oreilles
Vient nous tracasser par le chemin des oreilles
Il vient à petits coups
Tout casser la chambre en morceaux

On lève les yeux ; l'ombre a bougé la
cheminée
L'ombre pousse la cheminée
Les meubles sont tout changés

Et quand tout s'est mis à vivre tout seul
Chaque morceau étranger
S'est mis à contredire un autre

Où est-ce qu'on reste
Qu'on demeure
Tout est en trous et en morceaux.

Un poème a chantonné tout le jour

Un poème a chantonné tout le jour
Et n'est pas venu
On a senti sa présence tout le jour
Soulevante
Comme une eau qui se gonfle
Et cherche une issue
Mais cela s'est perdu dans la terre
Il n'y a plus rien

On a marché tout le jour comme des fous
Dans un pressentiment d'équilibre
Dans une prévoyance de lumière possible
Comme des fous tout à coup attentifs
À un démêlement qui se fait dans leur cerveau
À une sorte de lumière qui veut se faire
Comme s'ils allaient retrouver ce qui leur manque
La clef du jour et la clef de la nuit

Mais ils s'affolent de la lenteur du jour à naître
Et voilà que la lueur s'en re-va
S'en retourne dans le soleil hors de vue
Et une porte d'ombre se referme
Sur la solitude plus abrupte
Et plus incompréhensible.

Le silence strident comme une note unique
qui annihile le monde entier
La clef de lumière qui manque
au coffre de tous les trésors

Ah ! Ce n'est pas la peine

Ah ! ce n'est pas la peine qu'on en vive
Quand on en meurt si bien
Pas la peine de vivre
Et voir cela mourir, mourir
Le soleil et les étoiles

Ah ! ce n'est pas la peine de vivre
Et de survivre aux fleurs
Et de survivre au feu, des cendres
Mais il vaudrait si mieux qu'on meure
Avec la fleur dans le coeur
Avec cette éclatante
Fleur de feu dans le coeur.

Figures à nos yeux

Figures à nos yeux
Figures surgies
À peine
Et qui ne quittez pas encore l'ombre
Quel désir vous attire
À percer l'ombre
Et quelle ombre vous retire
Évanescentes à nos yeux

Figures balancées
Aux confins du visible et qui surgissez
En un jeu de vous voiler et dévoiler
Vous venez mourir ici sur le bord
d'un sourire imaginaire
Et nous envelopper dans la chaleur de votre
gravité
Balancement entre l'apparence et l'adieu
Vous nous quittez et vos yeux n'auront pas regardé
Mais nous serons tombés dedans comme dans la nuit.

Mes paupières en se levant

Mes paupières en se levant ont laissé vides mes yeux
Laissé mes yeux ouverts dans une grande solitude
Et les serviteurs de mes yeux ne sont pas allés
Mes regards ne sont pas allés comme des glaneuses
Par le monde alentour
Faire des gerbes lourdes de choses
Ils ne rapportent rien pour peupler mes yeux déserts
Et c'est comme exactement s'ils étaient demeurés en dedans
Et que la porte fût restée fermée.

Ma solitude n'a pas été bonne

Ma solitude au bord de la nuit
N'a pas été bonne
Ma solitude n'a pas été tendre
À la fin de la journée au bord de la nuit
Comme une âme qu'on a suivie sans plus attendre
L'ayant reconnue pour sœur

Ma solitude n'a pas été bonne
Comme celle qu'on a suivie
Sans plus attendre choisie
Pour une épouse inébranlable

Pour la maison de notre vie
Et le cercueil de notre mort
Gardien de nos os silencieux
Dont notre âme se détacha.

Ma solitude au bord de la nuit
N'a pas été cette amie
L'accompagnement de cette gardienne

La profondeur claire de ce puits
Le lieu de retrait de notre amour
Où notre coeur se noue et se dénoue
Au centre de notre attente

Elle est venue comme une folie par surprise
Comme une eau qui monte
Et s'infiltre au-dedans
Par les fissures de notre carcasse
Par tous les trous de notre architecture
Mal recouverte de chair
Et qui laissent ouverte
Les vers de notre putréfaction.

Elle est venue une infidélité
Une fille de mauvaise vie
Qu'on a suivie

Pour s'en aller
Elle est venue pour nous ravir
Dans le cercle de notre lâcheté
Et nous laisser désemparés
Elle est venue pour nous séparer.

Alors l'âme en peine là-bas
C'est nous qu'on ne rejoint pas
C'est moi que j'ai déserté
C'est mon âme qui fait cette promenade cruelle
Toute nue au froid désert

Durant que je me livre à cet arrêt tout seul
À l'immobilité de ce refus
Penché mais sans prendre part au terrible jeu
À l'exigence de toutes ces petites
Secondes irremplaçables.

Et cependant dressé en nous

Et cependant dressé en nous
Un homme qu'on ne peut pas abattre
Debout en nous et tournant le dos à la direction
de nos regards
Debout en os et les yeux fixés sur le néant
Dans une effroyable confrontation obstinée et un défi.

Et jusqu'au sommeil

Et jusqu'au sommeil perdu dont erre l'ombre
autour de nous sans nous prendre
Estompe tout, ne laissant que ce point en moi
lourd lourd lourd
Qui attend le réveil au matin pour se mettre
tout à fait debout
Au milieu de moi détruit, désarçonné, désemparé,
agonisant.

À propos de cet enfant

À propos de cet enfant qui n'a pas voulu mourir
Et dont on a voulu choyé au moins l'image
comme un portrait dans un cadre dans un salon
Il se peut que nous nous soyons trompés
exagérément sur son compte.
Il n'était peut-être pas fait pour le haut sacerdoce
qu'on a cru
Il n'était peut-être qu'un enfant comme les autres
Et haut seulement pour notre bassesse
Et lumineux seulement pour notre grande ombre
sans rien du tout
(Enterrons-le, le cadre avec et tout)

Il nous a menés ici comme un écureuil qui nous perd
à sa suite dans la forêt
Et notre attention et notre ruse s'est toute gâchée
à chercher obstinément dans les broussailles
Nos yeux se sont tout énervés à chercher son saut et là
dans les broussailles à sa poursuite.

Toute notre âme s'est perdue à l'affût
de son passage (qui nous a) perdus
Nous croyions découvrir le monde nouveau
à la lumière de ses yeux
Nous avons cru qu'il allait nous ramener
au paradis perdu.

Mais maintenant enterrons-le, au moins le cadre
avec l'image
Et toutes les tentatives de routes
que nous avons battues à sa poursuite
Et tous les pièges attrayants que nous avons tendus
pour le prendre.

Une sorte de repos

Une sorte de repos
à regarder un ciel passant

Tout ce qui pèse fut relégué
Le désespoir pas de bruit dort sous la pluie

La Poésie est une Déesse
dont nous avons entendu parler

Son corps trop pur pour notre coeur
Dort tout dressé
Par bonheur c'est de l'autre côté

Nous n'entreprendrons pas maintenant
De lui voler des bijoux
qu'elle n'a pas étant nue.

Dilemme

Mais les vivants n'ont pas pitié des morts
Et que feraient les morts de la pitié des vivants
Mais le coeur des vivants est dur comme un bon arbre et ils s'en vont forts de leur vie
Pourtant le coeur des morts est déjà tout en sang et occupé d'angoisse depuis longtemps
Et tout en proie aux coups, trop accessible aux coups à travers leur carcasse ouverte
Mais les vivants passant n'ont pas pitié des morts
qui restent avec leur coeur au vent sans abri.

Il y a certainement

Il y a certainement quelqu'un qui se meurt
J'avais décidé de ne pas y prendre garde et de laisser
tomber le cadavre en chemin
Mais c'est l'avance maintenant qui manque
et c'est moi
Le mourant qui s'ajuste à moi.

Il vient une belle enfant

Il vient une belle enfant avec des yeux neufs pour visiter
- Nous allons vous faire visiter nos cercueils
Ce n'est pas un bien beau pays mais nous
allons vous le faire voir
Nous sommes un peu surpris de votre venue,
nous n'attendions plus rien.

- Non, je ne veux pas plutôt les prairies à la lumière
- Nous mourrions à la lumière, vous n'y pensez pas.
C'est hors de question.
- Alors j'aime mieux m'en aller...

Des navires bercés

Des navires bercés dans un port
Doux bercement avec des souvenirs de voyages

Puis on trouve seuls les souvenirs errants
qui reviennent et ne trouvent pas de port
souvenirs sans port d'attache
Trouvent le port déserté
Un grand lieu vide sans vaisseaux.

Quand on est réduit à ses os

Quand on est réduit à ses os
Assis sur ses os
couché en ses os
avec la nuit devant soi.

Nous avons attendu de la douleur

Nous avons attendu de la douleur
Qu'elle modèle notre figure à la dureté magnifique de nos os
Au silence irréductible et certain de nos os
À ce dernier retranchement inexpugnable de notre être
Qu'elle tende à nos os clairement la peau de nos figures
La chair lâche et troublée de nos figures
qui crèvent à tout moment et se décomposent
Cette peau qui flotte au vent de notre figure, triste oripeau.

Bout du monde

Bout du monde ! Bout du monde ! Ce n'est pas loin !
On croyait au fond de soi faire un voyage à n'en plus finir
Mais on découvre la platitude de la terre
La terre notre image
Et c'est maintenant le bout du monde cela
Il faut s'arrêter
On en est là

Il faut maintenant savoir entreprendre le pèlerinage
Et s'en retourner à rebrousse pas de notre venue
Avec le dépit à nos trousses de cette déconvenue
Et s'en retourner à contre-courant de notre mirage
Sans tourner la tête aux nouvelles voix de notre richesse
On a déjà trop attendu au bord d'un arrêt tout seul
On a déjà perdu trop de coeur à s'arrêter.

Nous groupons alentour de l'espace de ce que nous n'avons pas
La réalité définitivement acceptable de ce que nous pourrions avoir
Des colonies et des possessions et toute une ceinture d'îles
Faites à l'image et amorcées par ce point au milieu
central de ce que nous n'avons pas
Qui est le désir.

Nous des ombres

Nous des ombres de cadavres elles des réalités
de cadavres, des os de cadavres,
Et quelle pitié nous prend (et quelle admiration)
ombres consciences de cadavres
Et terreur fraternelle nous prend
Devant cette réponse faite
Cette image offerte
Os de cadavres.

C'en fut une de passage

C'en fut une de passage
dans notre monde
Une fin de semaine une heure
quelle importance a le temps
Pour visiter notre monde notre ville
notre espèce de monde

À vrai dire c'est une reine qui a le droit de vivre
Cette visite nous a fait plaisir malgré notre
crainte des vivants
Quand elle est venue cela a bien fait
un peu mal à nos yeux
Mais cela a fait à nos yeux du bien

Elle nous a dit faites-moi visiter
Elle ne nous a pas connus tels que nous étions
Étant tout à son désir et sa curiosité
Elle nous a dit faites-moi visiter le monde
Nous l'avons prise par la main alors
Un peu mal à l'aise parce qu'elle n'était pas une compagnie familière
Et que son pas n'avait pas la même allure que le nôtre

Nous sommes un peu trop habitués à l'allure de notre propre pas
Les reines nous déconcertent quelque peu

Autre Icare

Cela tient du vent, cela tient au vent.
Cela n'est qu'un accroc que l'on fait au passage,
Un noeud que l'on fait au fil fugace du temps

Et nous sentons bien qu'à travers ce mince filet qu'on a fait,
Ces faibles appuis qu'on a pris sur le cours de notre en-allée
Et ces liens ingénieux tendus à travers des espaces trop vides,

Il n'y a qu'un cri au fond qui persiste,
Il n'y a qu'un cri d'un lien persistant

Où les tiges des fruits sont déjà rompues,
Toutes les attaches des fleurs et pétales de fleurs sont déjà rongés,
Où ces ailes de plumes de notre coeur de cire sont déjà détachées
Et plumes au vent, plumes flottant au vent par-dessus cette noyade
Sans port d'attache.

Je regarde en ce moment

Je regarde en ce moment sur la mer et je vois
un tournoiement d'oiseaux
Alentour de je ne sais quel souvenir des mâts
d'un bâteau péri
Qui furent sur la mer jadis leur port d'attache

Et c'est à ce moment aussi que j'ai vu fuir
Un bateau fantôme à deux mats déserts
Que les oiseaux n'ont pas vu, n'ont pas reconnu
Alors il reste dans le ciel sur la mer
Un tournoiement d'oiseaux sans port d'attache.

Inventaire

Cet enfant qu'on a dit
n'a pas eu le sort qu'il fallait

Il est venu au monde dans les conditions décevantes

Au milieu d'horribles animaux dont les pires ne sont pas les
bêtes féroces
Qui l'eussent (peut-être) mangé en bas âge pour son plus
grand bien
Mais il y a tous les rongeurs qui ne changent rien à l'affaire.

Nous allons détacher nos membres

Nous allons détacher nos membres et les mettre
en rang pour en faire un inventaire
Afin de voir ce qui manque
De trouver le joint qui ne va pas
Car il est impossible de recevoir assis tranquillement
la mort grandissante.

Le bleu du ciel

Le bleu du ciel et la lumière coulant en nous
nous avaient servi d'espérance durant ce jour
Mais nous avons eu toutefois toujours la crainte secrète
qui ne nous quitte plus de ce retour au port
de notre désolation
Où nous sommes arrivés maintenant malgré la beauté
de la nuit qu'il fait par-dessus nous
Retirés de la haute mer, de notre repos sur la mer
de tous nos voyages sur la mer vaste et claire
Par on ne sait quel courant contraire derrière nous qui
nous reprend avec une obstination désespérante
Et nous reporte à l'écrasement de ce maelström
Lequel nous relâche à la surface au moment où nous
allions enfin périr.

Monde irrémédiable désert

Dans ma main
Le bout cassé de tous les chemins

Quand est-ce qu'on a laissé tomber les amarres
Comment est-ce qu'on a perdu tous les chemins

La distance infranchissable
Ponts rompus
Chemins perdus

Dans le bas du ciel, cent visages
Impossibles à voir
La lumière interrompue d'ici là
Un grand couteau d'ombre
Passe au milieu de mes regards

De ce lieu délié
Quel appel de bras tendus
Se perd dans l'air infranchissable

La mémoire qu'on interroge
À de lourds rideaux aux fenêtres
Pourquoi lui demander rien ?
L'ombre des absents est sans voix
Et se confond maintenant avec les murs
De la chambre vide.

Où sont les ponts les chemins les portes
Les paroles ne portent pas
La voix ne porte pas

Vais-je m'élancer sur ce fil incertain
Sur un fil imaginaire tendu sur l'ombre
Trouver peut-être les visages tournés
Et me heurter d'un grand coup sourd
Contre l'absence

Les ponts rompus

Chemins coupés
Le commencement de toutes présences
Le premier pas de toute compagnie
Gît cassé dans ma main.

Après tant et tant de fatigue

Après tant et tant de fatigue
Espoir d'un sommeil d'enfant

Un repos enfin meilleur
Après tous les sommeils noirs
Un bon repos nous invite

Ce soir à la fraîcheur des draps
La blancheur de l'oreiller
À l'abandon de la nuit

Au bonheur de s'endormir
Le coeur déjà délié
L'âme déjà allégée

Misérable dépaysé
Par le bonheur d'aller dormir

Non plus le plongeon de rage dans le noir
Non plus la fin du courage
Non plus la mort au mirage
Désespoir

Ma misère est effacée
Mais qui nous a visité
Et comment renouvelé
Pour que nous retrouvions ce soir
Confiance et la chaleur
De s'endormir en oiseau
D'être enfant pour s'endormir
Dans la fraîcheur de son lit
Dans la bonté protectrice
Qui flotte deux dans le noir

Qui nous a renouvelé
Sainte Vierge ? Mes souliers
Sont sous mon lit doucement

Qui nous a tout récemment
Retourné si simplement
Tout faux détour effacé
Reposé si simplement
En ce lieu d'être un enfant
Qui s'endort doux et confiant

S'endormir à coeur ouvert
Mince feuille, endroit, envers
De s'en aller en sommeil
En musique de sommeil
Par ondes qui nous pénètre
Simplement et bonnement
Comme on s'en irait au ciel.

Mon cher François

Mon cher François, gonacho, modo,
Voilà l'aspect de mon repaire,
Qu'est une bell' maison de pierre
Sur un coteau, sous un coteau

Bon an, mal an, l'été, l'hiver-re
On y entend le bruit de l'eau
Qui dégringole par rouleaux
De pierre en pierre par derrière

Au printemps j'y mets à l'abri
Mon cœur trop mince et ma carcasse.
J'y viens en hiver. L'été j'y

Coule ma vie, cette mélasse !
Et l'automne j'y fais la chasse
Sans grand danger pour les perdrix !

À part vingt-cinq fleurs

À part vingt-cinq fleurs qui ont brûlé pendant
le jour le jardin est beau
À part vingt-cinq fleurs qui sont fanées
Et nous partons faire
Une promenade parfaite comme s'il ne manquait rien

Mais nous sentons bien
Malgré la fraîcheur du soir qui se dévoile
Et la parfaite cadence voulue de nos pas
En nous se glisser le poids des fleurs mortes
Se glisser en nous
Vingt-cinq fleurs tombées dans un coin du jardin
Qui font pencher en nous tout le jardin
Qui font chavirer en nous tout le jardin
Crouler tout le jardin.

Après les plus vieux vertiges

Après les plus vieux vertiges
Après les plus longues pentes
Et les plus lents poisons
Ton lit certain comme la tombe
Un jour à midi
S'ouvrait à nos corps faiblis sur les plages
Ainsi que la mer.

Après les plus lentes venues
Les caresses les plus brûlantes
Après ton corps une colonne
Bien claire et parfaitement dure
Mon corps une rivière étendue et dressé pur jusqu'au bord de l'eau.

Entre nous le bonheur indicible
D'une distance
Après la clarté du marbre
Les premiers gestes de nos cris
Et soudain le poids du sang
S'écroule en nous comme un naufrage
Le poids du feu s'abat sur notre coeur perdu

Après le dernier soupir
Et le feu a chaviré l'ombre sur la terre
Les amarres de nos bras se détachent
pour un voyage mortel
Les liens de nos étreintes tombent d'eux-mêmes
et s'en vont à la dérive sur notre couche
Qui s'étend maintenant comme un désert
Tous les habitants sont morts
Où nos yeux pâlis ne rencontrent plus rien
Nos yeux crevés aux prunelles de notre désir
Avec notre amour évanoui comme une ombre
intolérable
Et nous sentions notre isolement s'élever
comme un mur impossible

Sous le ciel rouge de mes paupières
Les montagnes
Sont des compagnes de mes bras
Et les forêts qui brûlent dans l'ombre
Et les animaux sauvages
Passant aux griffes de tes doigts
Ô mes dents
Et toute la terre mourante étreinte

Puis le sang couvrant la terre
Et les secrets brûlés vifs
Et tous les mystères déchirés
Jusqu'au dernier cri la nuit est rendue

C'est alors qu'elle est venue
Chaque fois
C'est alors qu'elle passait en moi
Chaque fois
Portant mon coeur sur sa tête
Comme une urne restée claire.

Au lecteur

Au lecteur, à toi, ces poèmes utilitaires
Que tu comprendras si tu t'y cherches
Qui veux croire qu'une ombre n'est qu'une ombre
Alors que ton cœur est travaillé par l'envie
de toutes possessions

L'avenir nous met en retard

L'avenir nous met en retard
Demain c'est comme hier on n'y peut pas toucher
On a la vie devant soi comme un boulet lourd aux talons
Le vent dans le dos nous écrase le front contre l'air

On se perd pas à pas
On perd ses pas un à un
On se perd dans ses pas
Ce qui s'appelle des pas perdus

Voici la terre sous nos pieds
Plate comme une grande table
Seulement on n'en voit pas le bout
(C'est à cause de nos yeux qui sont mauvais)

On n'en voit pas non plus le dessous
D'habitude
Et c'est dommage
Car il s'y décide des choses capitales
À propos de nos pieds et de nos pas
C'est là que se livrent des conciliabules géométriques
Qui nous ont pour centre et pour lieu
C'est là que la succession des points devient une ligne
Une ficelle attachée à nous
Et que le jeu se fait terriblement pur
D'une implacable constance dans sa marche
au bout qui est le cercle
Cette prison.

Vos pieds marchent sur une surface dure
Sur une surface qui vous porte comme un empereur
Mais vos pas à travers tombent dans le vide
pas perdus

Font un cercle et c'est un point
On les place ici et là, ailleurs,
à travers vingt rues qui se croisent
Et l'on entend toc toc sur le trottoir

toujours à la même place
Juste au-dessous de vos pieds

Les pas perdus tombent sous soi dans le vide
et l'on croit qu'on ne va plus les rencontrer
On croit que le pas perdu c'est donné une fois
pour toutes perdu une fois pour toutes
Mais c'est une bien drôle de semence
Et qui a sa loi
Ils se placent en cercle et vous regardent avec ironie
Prisonnier des pas perdus.

Les cheveux châtains

Les cheveux châtains en poussière qui sont comme des rêves flous, auréoles sans consistance qui ne sont que comme un cadre.

Les cheveux noirs qui sont comme des serpents onduleux sur l'oreiller et qui semblent vous enlacer, de glissantes tentacules.

Les cheveux roux, mer de feu, sanglants sous la lumière, non pas calmes jamais mais comme l'ardeur de charbons intérieurs, non pas doux mais crispés d'emportement, où nul ne se repose mais où tout brûle.

Vous êtes, châtains, les seuls qui sachiez descendre dans la nuque et y mettre votre poussière, comme une chute qui écume en eau éparpillée. Mais les blonds sont le duvet de la peau qui chatouille la langue.

Des cheveux fous et gris qui sont comme des aiguilles dans les mains.

Les larges cheveux noirs aux longues houles qui sont un bercement.

Les cheveux blonds pâles, où le regard se heurte comme le soleil sur l'eau, qui sont comme des ondes claires mais sans transparence.

Les cheveux noirs qui comme la nuit sont sans fond, où plonge le regard jusqu'à l'infini.

Et d'indicibles épouvantes naissent à ces lueurs mouvantes
Tordues au vent rageur qui vente.

Les cils des arbres

Les cils des arbres au bord de ce grand oeil de la nuit
Des arbres cils au bord de ce grand oeil la nuit
Les montagnes des grèves autour de ce grand lac calme
le ciel la nuit
Nos chemins en repos maintenant dans leurs creux
Nos champs en reposoir
avec à peine le frisson passager
dans l'herbe de la brise
Nos champs calmement déroulés sur cette profondeur
brune chaude et fraîche de la terre
Et nos forêts ont déroulé leurs cheveux
sur les pentes...

Le diable, pour ma damnation

Le diable, pour ma damnation,
M'a laissé entrevoir la scène
Par l'ouverture des rideaux.
Il a, en se jouant de moi,
Soulevé le bord du voile
Qui cache la vie.
Oh ! pas longtemps !
Juste à peine ce qu'il faut
Pour me laisser appréhender
Ce qui est de l'autre côté
Et aiguiser, et mettre en branle
La curiosité,
Cette soif qui noya Ève, notre mère,
Dans le péché.
Juste à peine pour entrevoir
La fascination de la nuit,
La splendeur du jour éternel
L'étonnante réalité.
Juste à peine pour que j'entende
Le choeur des oiseaux et des fées
L'harmonie universelle
De ces couleurs et de ces chants.
Et je reste là dans la salle,
Les yeux ouverts, les oreilles attentives,
Affamé, rongé d'attente,
À mesure que le désespoir grimpe en moi,
Séché de soif et de cette attention vers la commissure de
rideaux, me disant : « Est-ce le moment ? voilà ! Les rideaux von
s'écarter. Je vais voir, je vais entendre !
Je vais toucher des yeux la vie !
Un frisson court dans les rideaux ;
Ils vont s'ouvrir ! Sois attentif ! cela ne durera peut-être qu'une
fraction de moment, qu'un sourire, un sanglot, qu'un bond !
Voilà le temps ! le rideau bouge ! »
Mais rien ! peut-être un courant d'air,
Un frisson d'air à la surface !
Et puis, après, quand c'est trop long, vraiment, quand ça n'en
finit plus d'être fermé, quand on est épuisé jusqu'au bout

d'attendre,
Je dis à mon coeur : « Non, viens-t-en
Tu sais bien que tout cela est une mystification,
Un piège, une plaisanterie.
Tu vois bien, regarde-nous, que nous mourons ici
Viens-t-en, mon coeur, allons-nous-en ! »
Mais au moment où mon coeur cède,
Qu'il n'a plus la force de résister,
Qu'il est malade, comme exsangue,
Au moment où le prend le goût de guérir, de sortir, de respirer,
De s'adoucir, se résigner,
Voilà que les maudits rideaux
S'écartent,
Laissent apercevoir
Encore le jour, encore la nuit,
Et laissent s'échapper le chant, une maladie commencée, une aurore qui s'avance à peine
Une lumière qui s'en vient
Un beau contour qui se précise une danse esquissée...
Quelle extase ! Nous sommes ivres,
Mon coeur et moi, nous sommes fous ! Et nous demeurons dans la salle.
Quoique le voile soit tombé.
Et nous regardons avidement
La place maintenant bouchée,
Le rideau maintenant fermé.
« Va-t-il s'ouvrir bientôt ? Demain ? »
Et le diable continue ainsi toujours à cent reprises son manège.
Je l'entends rire dans les coulisses,
Et s'amuser de notre mort à petit feu, à mesure qu'il voit surgir la folie au fond de nos yeux agrandis
Il sait bien que nous sommes dupes,
Et c'est son plaisir.
Nous le savons aussi d'ailleurs, mais nous ne voulons pas y croire tout à fait parce qu'il faudrait renoncer
Et s'en aller
Alors que le voile sera peut-être levé dans un instant, et pour toujours !

Et j'ai vécu

Et j'ai vécu en cet écheveau inextricable
Qu'on démêla pour une fugue
Et passé la fugue je reviens tantôt
À cet écheveau inextricable

Et je prierai ta grâce

Et je prierai ta grâce de me crucifier
Et de clouer mes pieds à ta montagne sainte
Pour qu'ils ne courent pas sur les routes fermées
Les routes qui s'en vont vertigineusement
De toi
Et que mes bras aussi soient tenus grands ouverts
À l'amour par des clous solides, et mes mains
Mes mains ivres de chair, brûlantes de péché,
Soient, à te regarder, lavées par ta lumière
Et je prierai l'amour de toi, chaîne de feu,
De me bien attacher au bord de ton calvaire
Et de garder toujours mon regard sur ta face
Pendant que reluira par-dessus ta douleur
Ta résurrection et le jour éternel.

Et maintenant

Et maintenant quand est-ce que nous avons
mangé notre joie
Toutes les autres questions en ce moment ont fermé
la bouche de leur soif
Et l'on n'entend plus que celle-là qui reste
persistante et douloureuse
Comme un souvenir lointain qui nous déchire jusqu'ici
Cette promesse et cette espèce d'entrevue avec
la promise
Et maintenant que nous nous sommes déchirés
un sillon jusqu'ici,
Jusqu'où nous en sommes
Cette question nous rejoint
Et nous emplit de sa voix de désespoir
Quand est-ce que nous avons mangé notre joie
Où est-ce que nous avons mangé notre joie
Qui est-ce qui a mangé notre joie
Car il y a certainement un traître parmi nous
Qui s'est assis à notre table quand nous nous sommes
assis tant que nous sommes
Tant que nous étions
Tous ceux qui sont morts de cette espèce de caravane
qui a passé
Tous les enfants et les bons animaux de cette journée
qui sont morts
Et tous ceux maintenant lourds aux pieds qui continuent
à s'acheminer dans cette espèce de rêve aux mâchoires fermées
Et dans cette espèce de désert de la dernière aridité
Et dans cette lumière retirée derrière un mur
infranchissable de vide et qui ne sert plus à rien
Parmi tous ceux qui nous sommes assis
tant que nous étions et tant que nous sommes
(Car nous transportons le poids des morts
plus que celui des vivants)
Qui est-ce qui a mangé notre joie parmi nous
Dont ne reste plus que cette espèce de souvenir
qui nous a déchirés jusqu'ici
Qui est-ce parmi nous que nous avons chacun abrité

Accueilli parmi nous
Retenu parmi nous par une espèce de secrète entente
Ce traître frère que nous avons reconnu pour frère
et emmené avec nous dans notre voyage d'un commun accord
Et protégé d'une complicité commune
Et suivi jusqu'à cette extrémité que notre joie
a été toute mangée
Sous nos yeux sans regarder
Et qu'il ne reste plus que cette espèce de souvenir
qui nous a déchirés jusqu'ici
Et cet illusoire désespoir qui achève de crever
dans son lit.

Faible oripeau

Faible oripeau à tous les vents qui nous trahit
Qu'elle l'assujettisse décidément
    à la forme certaine de nos os clairs.

Mais la douleur fut-elle devancée
Est-ce que la mort serait venue secrètement
    faire son nid dans nos os mêmes
Aurait pénétré, corrompu nos os mêmes
Aurait élu domicile dans la substance même de nos os
Parmi nos os
De sorte qu'arrivée là après toute la chair traversée
Après toutes les épaisseurs traversées
    qu'on lui avait jetées en pâture
Après toutes ces morsures dans notre chair molle
    et comme engourdie
La douleur ne trouve pas non plus
    de substance ferme à quoi s'attaquer
De substance ferme à quoi s'agripper
    d'une poigne ferme
Densité à percer d'un solide aiguillon
Un silence solide à chauffer à blanc
Une sensibilité essentielle et silencieuse
    à torturer sans la détruire

Mais elle ne rejoint encore qu'une surface qui s'effrite
Un édifice poreux qui se dissout
Un fantôme qui s'écroule et ne laisse plus que poussière.

Il nous est arrivé des aventures

Il nous est arrivé des aventures du bout du monde
Quand on vient de loin ce n'est pas pour rester là
(Quand on vient de loin nécessairement
        c'est pour s'en aller)
Nos regards sont fatigués d'être fauchés
        par les mêmes arbres
Par la scie contre le ciel des mêmes arbres
Et nos bras de faucher toujours à la même place.
Nos pieds n'étaient plus là pour nous attacher
                dans la terre
Ils nous attiraient tout le corps pour des journées
                à perte de vue.

Il nous est arrivé des départs impérieux
Depuis le premier jusqu'à n'en plus finir
À perte de vue dans l'horizon renouvelé
Qui n'est jamais que cet appel au loin
        qui module le paysage
Ou cette barrière escarpée
Qui fouette la rage de notre curiosité
Et ramasse en nous de son poids
Le ressort de notre bond

On n'a pas eu trop de neiges à manger
On n'a pas eu à boire trop de vents et de rafales
On n'a pas eu trop de glace à porter
Trop de morts à porter dans des mains de glaçons

Il en est qui n'ont pas pu partir
Qui n'ont pas eu le courage de vouloir s'en aller
Qui n'ont pas eu la joie aux yeux d'embrasser l'espace
Qui n'ont pas eu l'éclair du sang dans les bras de s'étendre
Ils se sont endormis sur des bancs
Leur âme leur fut ravie durant leur sommeil
Ils se sont réveillés en sursaut comme des domestiques
Que le maître surprend à ne pas travailler

On n'a pas eu envie de s'arrêter

On n'a pas eu trop de fatigues à dompter
Pour l'indépendance de nos gestes dans l'espace
Pour la liberté de nos yeux sur toute la place
Pour le libre bond de nos coeurs par-dessus les monts

Il en est qui n'ont pas voulu partir
Qui ont voulu ne pas partir, mais demeurer.

On les regarde on ne sait pas
Nous ne sommes pas de la même race.

Ils se sont réveillés des animaux parqués là
Qui dépensent leurs ardeurs sans âme dans les bordels
Et s'en revont dormir sans s'en douter
Ils se sont réveillés des comptables, des tracassiers,
Des mangeurs de voisins, des rangeurs de péchés,
Des collecteurs de revenus, des assassins à petits coups,
Rongeurs d'âmes, des satisfaits, des prudents,
Baise-culs, lèche-bottes, courbettes
Ils abdiquent à longue haleine sans s'en douter
N'ayant rien à abdiquer.

C'est un pays de petites bêtes sur quoi l'on pile
On ne les voit pas parce qu'ils sont morts
Mais on voudrait leur botter le derrière
Et les voir entrer sous terre pour la beauté
de l'espace inhabité.

Les autres, on est farouches, on est tout seuls
On n'a que l'idée dans la tête d'embrasser
On n'a que le goût de partir comme une faim
On n'est déjà plus où l'on est
On n'a rien à faire ici
On n'a rien à dire et l'on n'entend pas de voix
d'un compagnon.

J'avais son bras

J'avais son bras d'eau fraîche autour de mon cou
Et la brûlure de son ventre sous mon épaule
Et ma tête était portée sur le spasme misérable
                    de son corps
Roulée sur cette suffocation misérable
Sur cette respiration malade
Et dans mes yeux qu'on ne peut fermer
L'horreur d'un plafond bas et blanc
Et cependant autour de mon cou
Son bras incroyable restait d'eau fraîche

Le jour, les hymnes

Le jour, les hymnes furent pauvres

Il leur a fallu le crépuscule, la venue de la nuit

Nos chemins
Nos champs
Nos forêts
Nos montagnes

La terre est en repos
Sa respiration n'a plus besoin de voix pour chanter
Les montagnes des grèves autour de ce grand lac calme le ciel la nuit
Les arbres cils au bord de ce grand oeil la nuit

Les hymnes n'ont jamais été si pauvres
Que durant cette journée où nous avons cherché
la terre à nous désâmer
Où nous avons tant recherché notre reflet fantôme la terre
Nous n'avons jamais été tant et si mal blessés
Que par ce soleil étranger dans le ciel que nous n'avons pas créé
Que par ce soleil qu'il a fait que nous n'avons pas créé
Les hymnes n'ont jamais été si pauvres si délaissées
Que ce jour où nous avons voulu prendre le soleil
à témoin de notre lumière

Et lorsque nous sortons la tête de sous notre toit
nous voyons
La nuit d'un seul grand oeil immense
(le ciel) regarder la terre
Comme une grande femme en repos
la terre respirante qui dort

Nous sommes-nous agités suffisamment cette journée
Avons-nous assez promené l'anxiété de notre soif
dans la journée
Avons-nous assez recherché la terre fantôme
Avons-nous assez cru assez douté

Le soleil nous a-t-il fait assez de mal, assez de bien
Les hymnes pendant ce temps ont été pauvres

Il leur a fallu maintenant cette heure depuis le crépuscule
Quand l'horizon est monté s'étendre au bord du ciel comme
un bon chien
Et puis petit à petit toute la terre s'est étendue dans sa
vallée pour s'endormir
Toute la terre s'est détendue avec ses épaules
et ses vallées
Et sa respiration maintenant n'a plus besoin
de voix pour chanter

Leur cœur est ailleurs

Leur coeur est ailleurs
Au ciel peut-être
Elles errent ici en attendant
Mon coeur est parmi d'autres astres parti
Loin d'ici
Et sillonne la nuit d'un cri que je n'entends pas
Quel drame peut-être se joue au loin d'ici ?
Je n'en veux rien savoir
Je préfère être un jeune mort étendu
Je préfère avoir tout perdu.

Pour chapeau le firmament
Pour monture la terre
Il s'agit maintenant
De savoir quel voyage nous allons faire
Je préfère avoir tout perdu
Je préfère être un jeune mort étendu
Sous un plafond silencieux
À la lumière longue et sans heurt de la veilleuse
Ou peut-être au profond de la mer
Dans une clarté glauque qui s'efface
Durant un long temps sans heures et sans lendemain
De belles jeunes mortes, calmes et soupirantes
Glisseront dans mes yeux leurs formes déjà lointaines
Après avoir baisé ma bouche sans un cri
Avoir accompagné les rêves de mes mains
Aux courbes sereines de leurs épaules
et de leurs hanches
Après la compagnie sans cri de leur tendresse
Ayant vu s'approcher leur forme sans espoir
Je verrai s'éloigner leur ombre sans douleur...

Mon dessein

Mon dessein n'est pas un très bel édifice
bien vaste, solide et parfait
Mais plutôt de sortir en plein air

Il y a les plantes, l'air et les oiseaux
Il y a la lumière et ses roseaux
Il y a l'eau
Il y a dans l'eau, dans l'air et sur la terre
Toutes sortes de choses et d'animaux
Il ne s'agit pas de les nommer, il y en a trop
Mais chacun sait qu'il y en a tant et plus
Et que chacun est différent, unique
On n'a pas vu deux fois le même rayon
Tomber de la même façon dans la même eau
De la fontaine

Chacun est unique et seul

Moi j'en prends un ici
J'en prends un là
Et je les mets ensemble pour qu'ils se tiennent compagnie

Ça n'est pas la fin de la nuit,
Ça n'est pas la fin du monde !
C'est moi.

Nous avons trop pris garde

Nous avons trop pris garde à cet enfant qui est venu avec nous
Qui nous a été donné, qui est venu avec nous
Nous avons été pour lui des parents trop faibles pleins de complaisances
Et nous avons fait notre malheur avec notre faiblesse pour lui
Il est vrai qu'il fut toujours frêle et qu'un peu de rudesse
l'aurait peut-être tué
Mais c'eût encore été préférable à notre malheur à présent.
À présent qu'il nous a fait vieillir et blessés jusqu'à cette profondeur
À force de nous quitter et nous laisser longtemps sans nouvelles
À force de s'en aller au moment où nous allions presque l'oublier et guérir
Maintenant nous le voyons encore passer dans le village
Dans le soleil qui commence un peu plus loin de ce côté
Il lui arrive de passer encore avec ses yeux
Avec son pas et son sourire dans sa fraîcheur il n'a pas changé
Mais notre lassitude nous retient maintenant de vouloir le retenir,
De vouloir le rejoindre et de le choyer
Et nous le regardons aller, sans espoir.
Je veux bien croire qu'il fut un ange
Mais la terre que nous lui avons offerte n'est pas suffisante.

On n'avait pas fini

On n'avait pas fini de ne plus se comprendre
On avançait toujours à se perdre de vue
On n'avait pas fini de se trouver les plaies
On n'avait pas fini de ne plus se rejoindre
Le désir retombait sur nous comme du feu

Notre ombre invisible est continue
Et ne nous quitte pas pour tomber derrière nous
sur le chemin
On la porte pendue aux épaules
Elle est obstinée à notre poursuite
Et dévore à mesure que nous avançons
La lumière de notre présence

On n'arrive guère à s'en débarrasser
En se retournant tout à coup on la retrouve
à la même place
On n'arrive pas à la secouer de soi
Et quand elle est presque sous nous aux alentours de midi
Elle fait encore sous nos pieds
Un trou menaçant dans la lumière.

On n'a pas lieu de se consoler quand la nuit vient
De se tranquilliser d'être soulagé
De regarder avec un sourire autour de soi
Et parce qu'on ne voit plus l'ombre de se croire libéré

C'est seulement qu'on ne la voit plus
Sa présence n'est plus éclairée
Parce qu'elle a donné la main à toutes les ombres
Nous ne sommes plus qu'une petite lumière enfermée
Qu'une petite présence intérieure dans l'absence universelle
Et l'appel de nos yeux ne trouve point d'écho
Dans le silence de l'ombre déserte

On passe en voyage au soleil
On est un passage vêtu de lumière
Avec notre ombre à nos trousses comme un chacal

Qui mange à mesure notre mort

Avec notre ombre à nos trousses comme une absence
Qui boit à mesure notre lumière

Avec notre absence à nos trousses comme une fosse
Un trou dans la lumière sur la route
Qui avale notre passage comme l'oubli.

On s'est tous réunis dans le milieu du temps
On a tout réuni dans le milieu de l'espace
Bien moins loin du paradis que d'habitude
On s'est tous réunis pour une grande fête
Et l'on a demandé à Dieu le Père et Jésus-Christ
Et au Saint-Esprit qui est la Troisième Personne
On leur a demandé d'ouvrir un peu le Paradis
De se pencher et de regarder
Voir s'ils reconnaissaient un peu le monde
Si cela ressemblait un peu à l'idée qu'ils en ont
Si ce n'était pas bien admirable ce qu'ils en ont fait

Ceux qui sont venus avec une âme du bon Dieu
Avec des yeux du bon Dieu
Pour faire un bouquet pur avec le monde

Ils ont tout resacré les mots qu'on avait foutus
Ils ont tout retrouvé les voix qu'on avait perdues
Ils ont rejoint le vent avec son chant
Ils ont ramassé l'arbre qu'on a vu
Ils sont allés glaner dans les limbes
La paille d'or des moments inaltérables
Qui sont une fois nés ici comme une musique étrangère
Mais qui n'ont pas voulu mourir
Bondir de leur lumière hors du temps
Mais qui n'avaient pas trouvé leur repos

La parfaite offrande de leur corps pour l'éternité
Et qui restent en suspens sous la garde des anges suspendus

Voilà qu'ils sont venus nous ont reconnus

Et leur reconnaissance nous a lavés
Voilà qu'ils ont reconnu tout le monde
Et ils nous ont offert le monde reconnaissable

Alors quand ils ont eu lavé toutes les choses de la terre
Et que leurs yeux ont eu fait la terre un jardin-pré
Un pré de fleurs avec la présence de tout le ciel au-dessous
Quand ils ont eu ramassé tout ce qui était perdu
Toutes les choses délaissées
Quand ils ont eu lavé tout ce qui fut sali

La terre était dans l'ombre et mangeait ses péchés ;
On était à s'aimer comme des bêtes féroces
La chair hurlait partout comme une damnée
Et des coups contre nous et des coups entre nous
Résonnaient dans la surdité du temps qui s'épaissit

Voilà qu'ils sont venus avec leur âme du bon Dieu
Voilà qu'ils sont venus avec le matin de leurs yeux
Leurs yeux pour nous se sont ouverts comme une aurore
Voilà que leur amour a toute lavé notre chair
Ils ont fait de toute la terre un jardin pré
Un pré de fleurs pour la visite de la lumière
De fleurs pour la présence de tout le ciel dessus

Ils ont bu toute la terre comme une onde
Ils ont mangé toute la terre avec leurs yeux
Ils ont retrouvé toutes les voix que les gens ont perdues
Ils ont recueilli tous les mots qu'on avait foutus

Le temps marche à nos talons
Dans l'ombre qu'on fait sur le chemin
Tous ceux-là, le temps et l'ombre sont venus
Ils ont égrené notre vie à nos talons
Et voilà que les hommes s'en vont en s'effritant
Les pas de leur passage sont perdus sans retour
Les plus belles présences ont été mangées
Les plus purs éclats furent effacés
Et l'on croit entendre les pas du soir derrière soi
Qui s'avance pour nous ravir toutes nos compagnies

S'en vient tout éteindre le monde à nos yeux
Qui vient effacer en cercle tout le monde
Vient dépeupler la terre à nos regards
Nous refouler au haut d'un rocher comme le déluge
Et nous prendre au piège d'une solitude définitive
Nous déposséder de tout l'univers

Mais voilà que sont venus ceux qu'on attendait
Voilà qu'ils sont venus avec leur âme du bon Dieu
Leurs yeux du bon Dieu
Qu'ils sont venus avec les filets de leurs mains
Le piège merveilleux de leurs yeux pour filets
Ils sont venus par derrière le temps et l'ombre
Aux trousses de l'ombre et du temps
Ils ont tout ramassé ce qu'on avait laissé tomber.

Poids et mesures

Il ne s'agit pas de tirer les choses par les cheveux
D'attacher par les cheveux une femme
à la queue d'un cheval
D'empiler des morts à la queue-leu-leu
Au fil de l'épée, au fil du temps.

On peut s'amuser à faire des noeuds
avec des lignes parallèles
C'est un divertissement un peu métaphysique
L'absurde n'étant pas réduit à loger au nez de Cyrano
Mais en regardant cela la tête à l'envers
On aperçoit des évocations d'autres mondes
On aperçoit des cassures dans notre monde
qui font des trous

On peut être fâché de voir des trous dans notre monde
On peut être scandalisé par un bas percé un gilet
un gant percé qui laisse voir un doigt
On peut exiger que tout soit rapiécé

Mais un trou dans notre monde c'est déjà quelque chose
Pourvu qu'on s'accroche dedans les pieds
et qu'on y tombe
La tête et qu'on y tombe la tête la première
Cela permet de voguer et même de revenir
Cela peut libérer de mesurer le monde à pied,
pied à pied.

Quitte le monticule

Quitte le monticule impossible au milieu
Et le manteau gardant le silence des os
Et la grappe du coeur enfin désespéré
Où pourra maintenant s'incruster cette croix
À la place du glaive acide du dépit
À l'endroit pratiqué par le couteau fixé
Dont le manche remue un mal encore aigu
Chaque fois que ta main se retourne vers toi
Où s'incruste la croix avec ses bras de fer
Comme le fer qu'on cloue à l'écorce d'un arbre
Qui blesse la surface, mais la cicatrice
De l'écorce bientôt le submerge et le couvre
Et plus tard le fil dur qui blessait la surface
On le voit assuré au bon centre du tronc
C'est ainsi que la croix sera faite en ton coeur
Et la tête et les bras et les pieds qui dépassent
Avec le Christ dessus et nos minces douleurs.

Quitte le monticule impossible au milieu
Place-toi désormais aux limites du lieu
Avec tout le pays derrière tes épaules
Et plus rien devant toi que ce pas à parfaire
Le pôle repéré par l'espoir praticable
Et le coeur aimanté par le fer de la croix.

Mon coeur cette pierre qui pèse en moi
Mon coeur pétrifié par ce stérile arrêt
Et regard retourné vers les feux de la ville
Et l'envie attardée aux cendres des regrets
Et les regrets perdus vers les pays possibles

Ramène ton manteau, pèlerin sans espoir
Ramène ton manteau contre tes os
Rabats tes bras épars de bonheurs désertés

Ramène le manteau de ta pauvreté contre tes os
Et la grappe séchée de ton coeur pour noyau
Laisse un autre à présent en attendrir la peau

Quitte le monticule impossible au milieu
D'un pays dérisoire et dont tu fis le lieu
De l'affût au secret à surprendre de nuit
Au secret d'un mirage où déserter l'ennui.

Regards de pitié

- Nous avons mis à mort la pitié
Nous ne pouvons pas qu'elle soit
Nous sommes les orgueilleux
Nous nions les regards de pitié.

- Nous sommes les regards de pitié
Nous ne pouvons pas ne pas être sur terre
les regards de pitié.

Réponse à des critiques

La vie n'est pas drôle on se connaît
On n'avale pas de l'air pendant vingt ans sans roter à la fin.
On n'est pas tous bien habité comme un estomac satisfait
Avec des présences en dedans bien au chaud
On n'est souvent qu'une bouche ouverte par la faim
Bouche ouverte comme une ouverture dans un mur
On ne sait pas bien si l'on entre ou si l'on sort
De quel côté est dedans ou dehors
Des deux côtés on est happé par le vide

Un bon coup de guillotine

Un bon coup de guillotine
Pour accentuer les distances

Je place ma tête sur la cheminée
Et le reste vaque à ses affaires

Mes pieds s'en vont à leurs voyages
Mes mains à leurs pauvres ouvrages

Sur la console de la cheminée
Ma tête a l'air d'être en vacances

Un sourire est sur ma bouche
Tel que si je venais de naître

Mon regard passe, calme et léger
Ainsi qu'une âme délivrée

On dirait que j'ai perdu la mémoire
Et cela fait une douce tête de fou.